Birgit Pauls

Hamburg am 16. Februar

Birgit Pauls

Hamburg am 16. Februar

Bibliografische Information der Deutschen Nationalbibliothek: Die Deutsche Nationalbibliothek verzeichnet diese Publikation in der Deutschen Nationalbibliografie; detaillierte bibliografische Daten sind im Internet über www.dnb.de abrufbar.

ISBN 978-3-7431-9380-2
© Birgit Pauls 2017

Herstellung und Verlag:
BoD – Books on Demand, Norderstedt

Covergestaltung:
Birgit Pauls mit BOD Easy Cover

Für meinen Vater Johannes, der zu den Männern gehörte, die die Mauer am Tönninger Hafen sicherten, und für meine Mutter Heike, die an diesem Tag ihren 20. Geburtstag hatte.

Prolog

Nie hätte sie gedacht, dass sie einmal eine Frau für Sex bezahlen würde. Doch sie hatte es getan und das Ergebnis war gut gewesen.

Sie hatte nun endlich ihren Frieden gefunden. Mit einem Lächeln auf den Lippen schlief die alte Frau für immer ein.

***

Wilhelmsburg, Freitag 16. Februar 1962

Josef war glücklich. Als Urbayer war er mitten unter Hamburgern. Zusammen mit seinem Kameraden feierte er dessen 21. Geburtstag, die Volljährigkeit.

Es hatte Josef einige Mühe gekostet, seine Mutter davon zu überzeugen, dass er seinen Urlaub nicht gemeinsam mit ihr feiern wollte, deren Mann im Krieg geblieben war und die von ihrer Familie nur noch den Sohn hatte. Die Schwiegereltern hatten sich von ihr abgewandt, als sie die Todesnachricht erhielten. Sie wollten keine Witwe durchfüttern mit einem Kind, dessen Geburtsdatum so spät lag, dass es auch einen anderen Vater haben könnte als den gefallenen Ehemann der Mutter.

Das Verhalten der Schwiegereltern verletzte Mechthild unendlich. Nie hatte sie einen anderen Mann gehabt, als ihren über alles geliebten Maximilian, den sie nur viel zu kurz gehabt hatte und der nun irgendwo in der Ferne des kalten Russlands begraben war, an einem Ort, den sie wohl nie in ihrem Leben sehen würde. Trotz der Trauer und der Mangelernährung übertrug sie ihr Kind. Josef kam drei Wochen später als errechnet zur Welt, was natürlich auch zu bösen Gedanken bei den Schwiegereltern führte. Es schien, als ob das Kind wohlbehütet im Bauch der Mutter so lange wie möglich wachsen und erst möglichst spät in die böse kalte Welt kommen wollte.

Mechthilds Eltern standen ihr bei, sorgten für sie und das Kind. Doch sie starben viel zu früh. Kurz nach Josefs zehntem Geburtstag musste Mechthild ihre Eltern im Abstand von drei Wochen zu Grabe tragen.

Nun hielt sie sich als Haushaltshilfe und Putzfrau mehr schlecht als recht über Wasser und vergötterte ihren Sohn, der eine Erinnerung an bessere Zeiten war.

Josef liebte seine Mutter auch innig, aber er war inzwischen in einem Alter, in dem es für ihn wichtig war, unter Gleichaltrigen zu sein, um sich mit ihnen auszutauschen und auch, um Mädchen kennenzulernen. Nun feierte er ausgelassen mit seinen Kameraden in dieser Nacht vom 16. auf den 17. Februar 1962.

Hans wohnte mit seinen Eltern in einer Kleingartenkolonne in Hamburg-Wilhelmsburg. Doch die einfache, fast ärmliche Umgebung störte die Feiernden nicht. Hans Eltern waren zu Verwandten nach Köln gefahren, damit die jungen Leute ohne Beobachtung der Erwachsenen in Ruhe feiern konnten. Schließlich war Hans nun volljährig geworden und konnte ab sofort selbst über sein Leben entscheiden, ohne dass die Eltern mitreden durften. Hans liebte seine Eltern und würde sie sicher auch weiterhin um Rat fragen.

Er hatte für alles gesorgt, damit es eine schöne Party werden konnte. Es war reichlich zu Essen und zu Trinken da. Außerdem hatte Hans viele hübsche Mädchen eingeladen, die auch alle gekommen waren. Besonders Inge hatte es Josef angetan.

Lästig war nur der Wind.

Altes Land, Deich Nähe Lühe-Anleger, 18. Februar 2012

„Piraten waren hier! Wir finden bestimmt Strandgut."

Ausgelassen tobten die Kinder am Elbdeich entlang, während die Eltern lächelnd hinterher spazierten.

Jedes Stück Holz, das sie im Flutsaum des Deichvorlandes fanden, drehten die Kinder auf der Suche nach Schätzen um.

„Schaut mal da, ein Schlauchboot", rief eines der Kinder plötzlich. „Lasst uns nachsehen, ob es noch schwimmt."

Fröhlich schnatternd machte die Kinderschar sich schnell auf den Weg zu dem Fund. Die Erwachsenen beachteten sie kaum, sie waren zu sehr in ihre Gespräche vertieft.

Dann hörte sie einen schrillen Schrei des Entsetzens...

Halbinsel Eiderstedt, Freitag, 16. Februar 1962, abends

Die Deichwachen waren verzweifelt. Lange würden die Deiche dieser Sturmflut nicht standhalten können. Erste Deichbrüche gab es schon.

Am Tönninger Hafen stapelten junge Männer Sandsäcke an den Deichen und Stöpen, hofften, dass sie den Wassermassen standhalten würden. Besonders gefährdet war ein unbebautes Grundstück zwischen Hafen und Fischerstraße, direkt neben der Stöpe zur Neustadt. Nur eine alte, dünne, baufällige Backsteinmauer begrenzte es. Verzweifelt versuchten die Helfer, sie zu stabilisieren. Viele Fuder Mist hatten sie schon bei den Bauern am Stadtrand geholt, um die Mauer zu stützen. Lange würde sie allerdings nicht mehr halten. Dann würde das Wasser sich ins Stadtzentrum ergießen.

Dann geschah etwas Merkwürdiges: Für einen Augenblick war es fast totenstill. Dann drehte der Wind. Fassungslos beobachteten die Menschen, dass das Wasser innerhalb von weniger als einer halben Stunde um mindestens zehn Zentimeter sank. Sie waren gerettet, zumindest bis zur nächsten Tide. Noch könnten sie nicht wissen, dass ihr Glück Hunderten anderen Menschen Tod und Verderben brachte.

Ofterschwang im Allgäu,
Freitag 16. Februar 1962

Es war Zeit ins Bett zu gehen. Mechthild fiel es schwer, denn sie vermisste die Anwesenheit ihres Sohnes. Seit er bei der Bundeswehr war, sah sie ihn viel zu selten. Freie Tage waren knapp und die Reise von seiner Kaserne im Norden Deutschlands zu ihr nach Bayern dauerte lange. Sie war glücklich, dass er sich trotzdem so oft die Zeit nahm, seine alte Mutter zu besuchen. Wahrscheinlich würde sich das auch ändern, wenn er ein Mädchen gefunden hatte.

Mechthild war in einem Zwiespalt. Einerseits wollte sie das Kind ihres geliebten Maximilians so lange wie möglich bei sich halten, denn ihr Sohn hatte viel Ähnlichkeit mit seinem viel zu früh verstorbenen Vater. Doch andererseits wünschte sie sich, weil sie Kinder liebte und nur ein einziges hatte, schnell zahlreiche Enkelkinder. Und dazu müsste Josef eine Frau finden und einen eigenen Hausstand gründen. Aus eigener leidvoller Erfahrung wusste sie, wie wichtig es für ein frisch verheiratetes Paar war, die eigenen vier Wände zu haben, ohne Gefahr zu laufen, dass Eltern oder Schwiegereltern immer dabei waren. Vielleicht würde er ja an diesem Wochenende ein nettes Mädchen kennenlernen und sich verlieben. Sie wünschte es sich von ganzem Herzen. Mit diesem Gedanken schlief sie ein.

Wilhelmsburg, 17. Februar 1962, 1:10 Uhr

Josef war glücklich. Inge saß ihm gegenüber. Sie hatte sich in den letzten drei Stunden nur mit ihm unterhalten und mit ihm getanzt. Sie ließ es zu, dass er sie lange im Arm hielt, beim Tanzen über ihren Rücken streichelte. Josef war verliebt. Und er hoffte, dass Inge seine Gefühle erwiderte.

„Wollen wir tanzen?", fragte er.

Sie nickte, strahlte ihn an und ging Arm in Arm mit ihm zur Tanzfläche. Hans hatte inzwischen Schmusemusik aufgelegt und so bewegten Josef und Inge sich eng umschlungen zum Takt der Musik. Die Augen hatten sie geschlossen. Dadurch war ihre Wahrnehmung viel intensiver. Sie fühlten die Wärme des Anderen, spürten die weiche Haut. Und sie rochen den Duft des Anderen, sie konnten sich gut riechen. Noch eine Ewigkeit hätten sie weiter eng umschlungen tanzen können.

Schlagartig verstummte die Musik und es war dunkel. Die ersten murrten, schimpften auf Hans, sagten ihm, er solle die Scherze lassen, Licht und vor allem die Musik wieder einschalten.

Ofterschwang, 17. Februar 2:30 Uhr

Mechthild schrie auf. Es dauerte eine gefühlte Ewigkeit, bis sie den Lichtschalter gefunden hatte. Als es hell war, beruhigte sie sich langsam, sie war in ihrer Wohnung, in ihrem Bett.

Alles war gut. Es war nur ein entsetzlicher Albtraum gewesen, der sie geweckt hatte. Zur Sicherheit sah sie sich noch einmal um. Sie war in ihrer Wohnung, in ihrem Schlafzimmer. Und - was das Wichtigste für sie in diesem Moment war - der Fußboden war trocken. Sie hatte geträumt zu ertrinken, sie hatte das Gefühl gehabt, keine Luft mehr zu bekommen. Überall war Wasser gewesen, dunkles, schlammiges Wasser. Kalt war es gewesen und salzig hatte es geschmeckt. Zum Glück war es nur ein böser Traum gewesen. Sie machte das Licht wieder aus und versuchte weiter zu schlafen. Doch so richtig gelang es ihr nicht. Irgendetwas beunruhigte sie und raubte ihr den Schlaf.

Altes Land, 18. Februar 2012

Die Kinder standen mit vor Entsetzen geweiteten Augen um das Schlauchboot herum.

„Ist er tot?", fragten sie die Erwachsenen, als diese endlich den Ort des Schreckens erreichten.

Ein Mann lag in dem Boot. Die Haut war wächsern, die toten Augen blickten starr zum Himmel. Man konnte das Entsetzen in ihnen lesen. Der alte Mann - er müsste mindestens 80 sein - war tot. Auf den ersten Blick konnten die Erwachsenen keine Verletzungen an ihm erkennen. Er hatte sich in den Leinen des Schlauchbootes verfangen, so schien es. Über Handy riefen sie die Polizei. Zwei Erwachsene blieben bei dem Fund, während die anderen die Kinder von dem schrecklichen Ort fortbrachten.

„Warum ist der alte Mann an dem Boot festgebunden?", fragte der neunjährige Kevin, als er weggeführt wurde.

Wilhelmsburg, 17. Februar 1962, 2:05 Uhr

Hans hatte Kerzen angezündet, versuchte immer noch, den Fehler in der der Stromversorgung zu finden. Seine Gäste ließen sich nicht beirren, sangen selbst und feierten weiter.

Dann der schrille Schrei einer Frau: „Wasser! Hier ist überall Wasser! Und es ist so kalt."

Die Geburtstagsgesellschaft wurde unruhig. Irgendjemand hatte ein Feuerzeug gefunden, ließ es kurz über dem Boden aufleuchten.

„Tatsächlich, da ist Wasser."

Jemand fand in dem Chaos weitere Kerzen und sie schafften es, sie anzuzünden. Dann sahen sie das ganze Ausmaß. Im ganzen Haus stand Wasser und es schien schnell zu steigen.

Ein Wasserrohrbruch konnte es nicht sein, dafür war es zu trübe.

Hans öffnete die Haustür, die nach innen aufging. Die Wucht des hereinströmenden Wassers riss ihn von den Füßen. Die Gäste sahen entsetzt, dass die ganze Gegend überflutet war. Wohin sollten sie fliehen?

Hans kam wieder auf die Füße, die Augen vor Schreck weit aufgerissen.

„Aufs Dach", stammelte er.

Dann schwappte eine Welle ins Haus und riss ihn wieder um. Die Gäste konnten nur mit Entsetzen zusehen, wie ihr Freund von der Flut aus dem Haus gespült wurde. Niemand schaffte es, ihn festzuhalten.

Panik erfasste die Gäste. So, wie sie waren, flüchteten sie aufs Dach. Einige hatten Pech, die Wucht des Windes gab ihnen keine Gelegenheit sich festzuhalten. Sie wurden vom Dach gefegt und trieben im eiskalten Wasser. Schlagartig wurde ihnen bewusst, dass sie keine Zukunft hatten und beteten, dass das Sterben nicht zu schmerzhaft war.

Josef handelte überlegter. Er hielt Inge fest, suchte sich warme Decken und regenfeste Sachen, sowie etwas zu Essen und alkoholfreie Getränke, bevor er mit ihr aufs Dach stieg. Ein Seil hatte er auch gefunden und schaffte es, sie beide abzusichern.

Sie hielten sich aneinander fest, umarmten und küssten sich, weinten darüber, dass sie sich gerade erst gefunden hatten und wahrscheinlich bald sterben würden. Irgendwann schliefen sie fast zeitgleich erschöpft ein.

Ihre Herzen schlugen den selben Takt. Als sie wieder aufwachten, war es hell. Sie froren und jeder Zentimeter ihres Körpers tat ihnen weh. Aber sie lebten.

Sie sahen sich um und stellten fest, dass sie alleine auf dem Dach waren. Wo waren die Anderen? Die um das Haus herumtreibenden toten Tiere und Menschen, gaben ihnen die Antwort, die sie zu diesem Zeitpunkt noch nicht wahrhaben wollten.

Dazu Wasser soweit das Auge reichte. Der ganze Stadtteil stand unter Wasser. Regen durchnässte sie, der Sturm drückte sie nieder. Inge begann zu weinen. Josef nahm sie in den Arm, tröstete sie. Er schwor sich, diese Frau zu heiraten, sollten sie dieses überleben. Allerdings hatte er noch keine Idee, wie sie von diesem Dach herunter aufs sichere, trockene Land kommen sollten.

Ofterschwang, 17. Februar 1962, 8:00 Uhr

Mechthild erwachte früh an diesem Morgen. Dann schalt sie sich eine Närrin. Sie konnte ausschlafen. Normalerweise stand sie nur an den Wochenenden, an denen Josef nach Hause kam, früh auf, um ihrem Sohn ein schönes Frühstück zu bereiten.

Sie lächelte, als sie an ihn dachte. Wahrscheinlich würde er jetzt noch schlafen. Die jungen Leute hatten den Geburtstag sicher lange gefeiert. Schließlich wird man nur einmal im Leben volljährig.

Hafen Hamburg, 17. Februar 1962, 9:00Uhr

Die Besatzungen der Schiffe waren unruhig. Sie lagen in ihrem Hafen, die Kapitäne hatten sie zu erhöhter Wachsamkeit aufgerufen. Es gab striktes Alkoholverbot.

Die Besatzungen verstanden die Maßnahmen nicht. Nun ja, ein Orkan fegte über Hamburg hinweg, der Hafen war wegen der Sturmflut überflutet. Aber sie hatten auf den Weltmeeren alle schon mehrfach ähnlichen Stürmen getrotzt, mit turmhohen Wellen. Hier waren trotz des Orkans die Wellen relativ niedrig. Sie hätten leicht die Rettungsboote bemannen und auf die Elbe hinausfahren können, ohne ernsthaft in Gefahr zu geraten. Den Gebrauch der Rettungsboote hatten sie bei Sturm und deutlich höherem Wellengang immer wieder geübt. Sie hatten Respekt vor der See, aber sie fürchteten sich nicht. Deshalb verstanden sie die Unruhe ihrer Kapitäne nicht.

Hamburg, Blankenese, 14. Februar 2012

Zufrieden saß er im Wintergarten seines kleinen Häuschens in Blankenese. 83 Jahre alt war Otto nun schon, hatte viele aus der Schule und seinem Freundeskreis überlebt. Obwohl - Freunde hatte er nie gehabt, besonders nicht bei den Menschen, die mit dem Hafen verbunden waren. Die Reeder und die Seeleute mochten ihn nicht, obwohl er, als er arbeitete, regelmäßig mit ihnen zu tun gehabt hatte.

Trotzdem hatte er Kariere bei der Stadt Hamburg gemacht. Nachdem er bei der Sturmflut 1962 Tag und Nacht im Krisenstab gearbeitet hatte, war seine Kariere vorbestimmt gewesen. Warum kapierte nur dieser sture, alte Reeder nicht, dass er genau das Richtige getan hatte, als er ihn abwies. Er bevorzugte gut ausgebildete Soldaten, die es gewohnt waren, Befehlen zu gehorchen, anstelle von betrunkenen Seeleuten auf Handelsschiffen, die zufällig im Hafen waren. Und dann wollte dieser überhebliche Reeder ihm dazwischen funken, seine Besatzungen von Handelsschiffen zusätzlich für Aufgaben einsetzen, die Otto der Bundeswehr zugedacht hatte, den Soldaten, die dafür ausgebildet waren, in Krisenfällen eingesetzt zu werden.

Nun gut, diese Krise damals war eine andere gewesen, als in den Planspielen normalerweise vorgesehen... Kurz darauf nickte er ein.

Wilhelmsburg, 17. Februar 1962, 9:30 Uhr

Sein Stiefvater würde mit ihm schimpfen. Was sollte er nur tun, wenn bei Mutter die Wehen einsetzten?

Als sein Stiefvater vor vier Wochen an Bord ging, hatte der achtjährige Dieter ihm versprechen müssen, auf die die Mutter und seine beiden Halbgeschwister, ein vierjähriges Mädchen und einen elf Monate alten Jungen, aufzupassen. Die Reise würde mindestens drei Monate dauern. Deshalb würde der Stiefvater nicht zuhause sein, wenn das Kind, von er dem hoffte, dass es wieder ein Junge werden würde, zur Welt kam.

Der Stiefvater mochte den Jungen nicht, den seine Frau mit in die Ehe gebracht hatte. Verzweifelt versuchte Dieter, etwas Anerkennung von seinem Stiefvater zu erhalten, indem er sich um die jüngeren Halbgeschwister kümmerte.

Nun war der Junge verzweifelt. Mutter und Kinder saßen vom Wasser eingeschlossen im zweiten Stock des Mietshauses. Ob noch andere Nachbarn da waren und überhaupt noch lebten, wussten sie nicht.

Ofterschwang, Samstag 17. Februar 1962, 10:00 Uhr

Mechthild hatte nicht wieder einschlafen können. Irgendwann war sie aufgestanden, hatte gefrühstückt. Dann hatte sie sich den riesigen Berg Bügelwäsche vorgenommen, der schon lange auf sie wartete. Damit es nicht zu langweilig wurde, hatte sie das Radio eingeschaltet.

Die erste Meldung der Nachrichten ließ ihr das Blut in den Adern gefrieren: „Eine schwere Sturmflut hat die deutsche Nordseeküste getroffen. Nachdem der Wind überraschend drehte, hat die Katastrophe auch die Hansestadt Hamburg heimgesucht. Die Menschen wurden im Schlaf von den Wassermassen überrascht, als kurz nach Mitternacht zahlreiche Deiche brachen und mehrere Stadtteile überflutet wurden."

Mechthild sackte auf dem Sofa zusammen. Wo war ihr Josef jetzt? War er auch in einem der überfluteten Stadtteile? Sie dachte an ihren Albtraum in der Nacht. Ihr wurde schwarz vor Augen.

Wilhelmsburg, 17. Februar 1962, 17:00 Uhr

Eng aneinandergedrängt war die Familie in Decken eingehüllt im Laufe des Vormittags eingeschlafen. Dieter erwachte von einem ungewöhnlichen Geräusch, das leicht aus dem ewigen Wind herauszuhören war und ging ans Fenster.

Ein Schlauchboot bemannt mit drei Soldaten. Würden sie seine Familie hier herausholen? Mit Rufen und Winken machte er die Helfer auf sich aufmerksam. Bald danach saß die Familie im Schlauchboot, das sie aus dem überfluteten Gebiet herausbringen würde.

Die vierjährige Schwester war unruhig. Mutter war vollauf damit beschäftigt, sie zu beruhigen. Deshalb hatte sie Dieter das Kleinkind in den Arm gedrückt. Er wunderte sich, wie schnell es ihm gelang, das Kind zu beruhigen. Friedlich und erschöpft schlief es an seiner Brust.

Dieter beobachte die Männer. Sie hatten Probleme mit dem Boot. Landratten, dachte er. Sie haben immer nur bei gutem Wetter auf irgendwelchen Tümpeln geübt. Bei dem Sturm und dem Wellengang schien es ein Wunder zu sein, dass das Boot halbwegs auf dem Kurs blieb, den sie zu steuern versuchten. Am Dialekt konnte er erkennen, dass sie keine Männer von der Küste waren. Dieter fühlte sich unwohl, hoffte, dass die Soldaten die Familie schnell aus dem Überflutungsgebiet bringen würden.

„Da sind noch welche", rief plötzlich der eine. „Da oben auf dem Dach. Die müssen wir auch noch ins Boot holen, bevor wir von hier verschwinden."

„Nein, setzt uns erst an Land!", rief Dieter. „Damit überladet ihr das Boot."

„Halt den Mund, Kleiner. Du hast keine Ahnung", schnauzte der offensichtlich Ranghöchste der jungen Männer ihn an.

Dieter ergab sich in sein Schicksal, sah zu, wie sie das Boot mit mehr Glück als Können zu dem Haus brachten, auf dessen Dach ein junges Paar saß.

Das Boot schwankte gefährlich, als das Paar einstieg. Dieter drückte sein Brüderchen schützend an sich.

Blankenese, 14. Februar 2012

Otto erwachte. Er konnte sich nicht daran erinnern, wann er in seinem Schaukelstuhl, der in seinem Wintergarten stand, eingeschlafen war. Es draußen eiskalt, am Wochenende hatte nach 15 Jahren einmal wieder ein Alstereisvergnügen stattgefunden. Es war ein sonniger Tag, der die Innenräume wärmte. Deshalb hatte er die Gelegenheit genutzt, den Schaukelstuhl in den Wintergarten gestellt, um die Sonne zu genießen. In seinem Alter konnte er ja nie wissen, wie viel Zeit ihm noch blieb.

Dann sah er die Frau. War er überhaupt noch am Leben, oder war es ein Engel, der ihn ins Paradies einlassen sollte?

Sie war wunderschön: blondes, lockiges Haar, das ihr bis zur Hüfte reichte, ein

Puppengesicht und dazu weibliche Formen, die einen Körperteil ansprachen, den er schon längst vergessen hatte.

Sie winkte ihm zu. Er öffnete die Tür.

Dann sprach sie ihn an: „Sie haben einen wunderschönen Wintergarten. Ich habe es bei mir nie geschafft, so viele Pflanzen in meiner Wohnung am Leben zu halten."

Als sie ihn anlächelte, schmolz er dahin, wie ein Eis in der Sonne.

Er machte eine einladende Handbewegung: „Wenn Sie mögen, kommen Sie doch herein. Schauen Sie meine Pflanzen genauer an. Wenn Sie möchten, erkläre ich ihnen, wie ich es mache."

Dankbar lächelte sie ihn an, ließ sich von ihm alles zeigen, hing bei Ottos Erklärungen an seinen Lippen. An ihren Fragen bemerkte er, dass sie sich ein wenig mit Pflanzen und Gärten auskannte. Die Zeit verging wie im Fluge.

Als sie auf die Uhr schaute, erschrak sie: „Oh, schon sechs. Ich bin mit einer Freundin verabredet. Wir müssen noch an unserer Seminararbeit schreiben. Vielen Dank, dass sie mir ihre Pflanzen gezeigt haben."

Dann war sie verschwunden. Otto schaute ihr lange nach, überlegte, ob sie real gewesen oder ihr Besuch nur der Wunschtraum eines einsamen, alten Mannes gewesen sei.

Frauen hatte es in seinem Leben viel zu wenige gegeben. Trotz seines beruflichen Erfolges, konnte er privat kaum Anschluss an andere Menschen bekommen. Besonders Frauen mieden ihn aus einem ihm unbekannten Grund. So blieb ihm meist nur die käufliche Liebe, wenn der Druck zu groß wurde. Zum Glück war sein Bedürfnis in diese Richtung in den letzten Jahren stark geschwunden. Aber dieser Engel, der ihn am Nachmittag so überraschend besucht hatte, hatte sein Verlangen wieder geweckt.

Wilhelmsburg,
17. Februar 1962, 17:15 Uhr

Josef und Inge hatten jedes Zeitgefühl verloren. Sie zitterten und froren, ihre Körper schmerzten. Noch waren sie am Leben. Aber wie lange noch? Sie mussten viele Stunden auf dem Dach verbracht haben, denn es dämmerte schon wieder. Nicht mehr lange, dann würde es wieder ganz dunkel sein. Sie waren verzweifelt. Noch eine Nacht in der Kälte würden sie wahrscheinlich nicht überstehen. Ihre Kräfte schwanden.

Josef fürchtete, dass sie irgendwann den Halt auf dem Dach verlieren oder eine Sturmbö sie von dort hinunter fegen würde. Dann wären sie verloren. Er hoffte, dass das Ertrinken im kalten Wasser nicht allzu lange dauern und das Sterben nicht schmerzhaft sein würde. Allerdings fürchtete er sich davor, dass Inge vor ihm vom Dach fallen könnte. Er würde es nicht ertragen, zu sehen, wie dieses wunderbare Mädchen, das er erst vor einem Tag kennengelernt hatte, starb, während er zuschauen musste.

Josef überlegte, ob er ihrem Leid schnell ein Ende machen sollte, indem er Inge in den Arm nehmen, sie fest umklammern sollte und sich dann zusammen mit ihr vom Dach in die Fluten stürzen würde. Dann würde er im Tod dem Menschen, den er liebte nahe sein. Nach seiner Mutter, die er in diesem Moment schmerzlich vermisste, war Inge ihm das Zweitliebste auf der Welt.

Ofterschwang, 17. Februar 1962, 16:10 Uhr

Sie ertrug die Ungewissheit nicht mehr. Stunde um Stunde hörte sie im Radio die Schreckensmeldungen über die verheerende Sturmflut an der Nordseeküste. Mechthild war nie am Meer gewesen. Sie kannte es nur von Gemälden und einigen wenigen Fotos. Blau, friedlich, Traumstrände in der Südsee, ein schönes Leben und Erholung. Was sie nun im Radio über die Nordsee hörte, war für sie kaum vorstellbar.

Das Meer und einige Flüsse waren mehr als fünf Meter über ihrem normalen Wasserstand gestiegen, hatten Deiche brechen lassen, zahlreiche Menschen und tausende Stück Vieh ertränkt.

Sie hatte immer davon geträumt, einmal mit Josef ans Meer zu fahren, das Wasser und die Sonne dort zu genießen, zu baden und sich zu erholen.

Und nun brachte das Meer, von dem sie immer geträumt hatte, Tod und Verderben.

Wie ging es ihrem Sohn? War er in Sicherheit? Oder hatte das Meer auch ihn geholt?

In ihrer Verzweiflung beschloss Mechthild, die Kapelle zu besuchen, um mit dem Priester zu sprechen. Sie hatte Glück, denn sie traf ihn gleich an. Er nahm sich Zeit für die Sorgen und Nöte der Frau, versprach, noch am gleichen Abend von seinem Diensttelefon aus in der Kaserne, in der der junge Mann stationiert war, anzurufen und zu erfragen, ob er an diesem schrecklichen Wochenende vielleicht schon früher zurückgekehrt sei.

Er konnte ihr aber wenig Hoffnung machen, am Wochenende schon etwas genaues über den Verbleib ihres Sohnes zu erfahren. Ob Mechthild die Adresse des Freundes wisse, bei dem er am Wochenende untergekommen sei? Dann könne man zumindest herausfinden, ob er sich mit hoher Wahrscheinlichkeit in einem der sicheren Stadtteile Hamburgs oder womöglich doch in einem der überfluteten Gebiete aufhielt.

Mechthild schüttelte den Kopf. Sie kannte nur den Vornamen des Freundes: Hans - ein Allerweltsname.

Einen kleinen Trost konnte der Seelsorger ihr noch mit auf den Weg geben. In seinem langen Leben habe er bislang immer die Erfahrung gemacht, dass schlechte Nachrichten sich um ein Vielfaches schneller verbreiten als gute Nachrichten. Außerdem solle sie tief in sich hineinhorchen, ihr Herz befragen. Eine liebende Mutter habe immer eine besondere Verbindung zu ihrem Kind. Sie würde es sofort merken, wenn das Kind nicht mehr am Leben war.

Mechthild legte die Hände auf ihr Herz und schloss die Augen.

„Er lebt!", rief sie nach einiger Zeit, öffnete die Augen wieder und ging frohen Mutes nach Hause.

**Wilhelmsburg,
17. Februar 1962, 17:30 Uhr**

Konnte er es seiner Mutter antun? Durfte er seinem und auch Inges Leben ein Ende setzen, solange noch ein klitzekleines Fünkchen Hoffnung bestand? Josef hielt Inge fest umklammert, konnte sich aber nicht dazu durchringen, sich gemeinsam mit ihr vom Dach zu stürzen. Doch immer, wenn er sie ansah, las er das ständig größer werdende Entsetzen in ihren Augen - sollte er ihr Leiden noch weiterhin verlängern oder dem endlich ein Ende machen, bevor es ganz dunkel wurde?

In diesem Moment hörte er Motorengeräusche. War es eine Illusion, Geräusche, die ihm der Sturm vorgaukelte? Doch Inge schien es auch gehört zu haben. Aufmerksam horchte sie, während ihre Augen die Umgebung absuchten. Dann sah er das Schlauchboot. Mit seiner dunklen Farbe hob es sich kaum vom grauen Wasser und dem bleiernen Himmel ab. Er versuchte Aufmerksamkeit zu erregen. Die Besatzung hatte sie gesehen, das Boot nahm Kurs auf das Haus zu, auf dessen Dach sie saßen.

Eine viertel Stunde später saßen Inge und Josef erschöpft aber glücklich in dem Schlauchboot, indem sich neben den Soldaten schon eine Frau und drei Kinder saßen. Sie würden überleben.

Josef beschloss, seiner Inge noch hier in diesem Boot einen Heiratsantrag vor Zeugen zu machen, bevor sie möglicherweise auf sicherem, festen Boden voneinander getrennt werden könnten.

Hafen Hamburg,
17. Februar 1962, 18:00 Uhr

Die Anspannung der Kapitäne auf den Schiffen ließ nach. Von der Reederei hatten sie die Order bekommen, zum normalen Tagesgeschäft überzugehen. Die Besatzungen würden nicht für einen Sondereinsatz benötigt werden.

Und so kehrten die Besatzungen der Schiffe zum normalen Tagesablauf eines seegehenden Schiffes über, das im Hafen lag und auf ein Ende des Sturmes wartete, um endlich wieder auslaufen und Waren aus aller Herrenländer durch die Welt transportieren zu können.

Sicher, der Sturm forderte eine erhöhte Aufmerksamkeit, aber das waren Schiffe und Besatzungen gewöhnt.

Hamburg, 17. Februar 1962, 18:00 Uhr

Otto war zufrieden mit sich, er leistete gute Arbeit im Krisenstab, dessen war er sich sicher.

Vor einer Stunde hatte er dem aufgeblasenen Reeder endlich klargemacht, dass er ihm und anderen Mitgliedern des Krisenstabes nicht die wertvolle Zeit stehlen solle, indem er versuchte, seine Schiffsbesatzungen mit ihren Rettungsbooten in die überfluteten Gebiete zu schicken. Otto war sicher, dass diese Zivilisten, nur Verwirrung stiften würden. Seeleute waren ihm schon immer suspekt gewesen, nachdem ihn ein Seemann mal im Streit um eine Hure verprügelt hatte. Wenn sie an Land waren, betranken sich die Seeleute von Handelsschiffen schnell und machten nur Ärger.

Und zusätzlichen Ärger konnte er bei dieser Katastrophe wirklich nicht brauchen. Es war schon so schwer genug, die Einsätze der verschiedenen Hilfsorganisationen und der Bundeswehr zu koordinieren, obwohl alle von ihnen eingesetzten Menschen durch ständigen Drill an Gehorsam gewöhnt waren.

Polizeistation Stade, 19. Februar 2012

Für die Polizisten war der Fund am Elbdeich ein Rätsel, nachdem sie das Schlauchboot und den Toten darin gesehen hatten.

Die Obduktion war noch nicht abgeschlossen, doch es deutete alles darauf hin, dass der alte Mann ertrunken war, als das Schlauchboot vermutlich Leck schlug und sank. Doch warum war er ans Schlauchboot gefesselt gewesen? Es war eher unwahrscheinlich, dass er sich alleine so am Schlauchboot festgebunden hatte. Jemand anderes musste ihn festgebunden haben. Aber wer hatte das getan? War es sein Mörder gewesen? Was hatte die Luftkammern des Schlauchbootes zerstört? Sie hatten ein kurzes Stück Stacheldraht gefunden. War es Stacheldraht gewesen, der die Luftkammern aufgerissen und das Boot zum Sinken gebracht hatte? Aber wann und wo war das Boot durch Stacheldraht gefahren?

Ofterschwang,
17. Februar 1962, 18:17 Uhr

Mechthild saß beim Abendessen, als es sich anfühlte, als würde ihr der Hals zugeschnürt. Sie bekam kaum Luft und hatte das Gefühl als würde ihr Herz von einem Messer durchbohrt. Ihr Sohn war tot, dessen war sie sich sicher. Nie wieder würde sie sein Lachen hören. Das war der letzte Gedanke, als eine gnädige Ohnmacht sie umfing.

Wilhelmsburg,
17. Februar, 1962, 18:10 Uhr

Als er wieder zu Atem gekommen war, nahm Josef Inges Hand, sah ihr tief in die Augen und machte ihr einen Heiratsantrag.

Bevor Inge antworten konnte, gab es einen Knall, als würde ein Luftballon platzen. Erschreckt leuchteten zwei Soldaten mit ihren Taschenlampen ins Wasser.

Dann erbleichten sie.

„Scheiße, Stacheldraht", schrie einer von ihnen. „Wir haben unser Boot am Stacheldraht aufgerissen."

Verzweifelt hielten Josef und Inge sich aneinander fest, als das Boot sank. Das Schicksal war grausam, niemals würden die Hochzeitsglocken für sie erklingen.

„Wenigstens dürfen wir zusammen sterben, auch wenn wir nicht zusammen in einem Grab liegen werden", dachte Josef.

Als das helle Licht auf ihn zukam, sendete er einen letzten Gruß an seine Mutter. Er war sich sicher, dass Mechthild diese letzte Nachricht ihres Kindes irgendwann wahrnehmen würde.

Ofterschwang,
17. Februar 1962, 18:40 Uhr

Er hatte in der Kaserne angerufen. Wie er erwartet hatte, war Josef noch nicht zurückgekehrt. Beunruhigend war allerdings die Auskunft, die der Priester über Josefs Freund Hans erhalten hatte. Er wohnte in einem der Stadtteile Hamburgs, die von der

Sturmflut schwer heimgesucht und wahrscheinlich überflutet waren.

Der Priester beschloss, Mechthild zu besuchen, ihr aber nur mitzuteilen, dass Josef noch nicht wieder in der Kaserne war, und die ganz schlechte Nachricht zu verschweigen.

Die Haustür war unverschlossen. Beunruhigt trat der Priester ein, als Mechthild auf sein Klopfen nicht antwortete. Er rettete ihr das Leben, weil er schnell einen Arzt alarmierte, als er die Bewusstlose fand.

„Mein Sohn ist tot", weinte sie, als sie auf dem Weg ins Krankenhaus für eine kurze Zeit das Bewusstsein wiedererlangte.

Hamburg, 17. Februar 1962, 19:30 Uhr

Als die Rettungskräfte ihn an einer höhergelegenen Straßenböschung fanden, war Dieter bewusstlos und schon stark unterkühlt. Sein totes Geschwisterchen hielt er noch immer fest umschlungen. Sie brachten ihn in ein Krankenhaus.

Hamburg, 19. Februar 1962

Das Wasser ging endlich zurück. Nun wurde das ganze Ausmaß der Katastrophe sichtbar. Tausende Tierkadaver mussten geborgen und entsorgt werden. Ganze Stadtteile waren unbewohnbar geworden. Tote wurden geborgen, noch längst waren nicht alle Toten identifiziert worden.

Die Schiffe der Reederei machten sich bereit, in den nächsten Tagen wieder aufs offene Meer auszulaufen und das normale Transportgeschäft wiederaufzunehmen.

Der Reeder war wütend auf den Krisenstab und ärgerte sich über sich selbst. Inzwischen hatte er erfahren, dass zahlreiche Schlauchboote von Stacheldraht und anderen scharfen Gegenständen im und unter Wasser zerfetzt worden waren, Besatzungen und fast Gerettete jämmerlich ertrunken waren. Wie viele Tote hätten verhindert werden können, wenn seine sturmerprobten Seeleute mit ihren robusten Rettungsbooten unterwegs gewesen wären, statt der anfälligen Schlauchboote, deren Besatzungen sich nicht mit diesen extremen Wetter- und Wasserverhältnissen auskannten?

Gut, er hatte seine Hilfe angeboten und der Krisenstab hatte abgelehnt - zumindest dieser eine Mitarbeiter, mit dem er gesprochen hatte. Hätte er sich an eine höhere Stelle wenden sollen? Manchmal machte er sich Vorwürfe, weil er nicht einfach auf eigene Faust gehandelt hatte, und die Besatzungen nicht trotz des Verbotes losgeschickt hatte.

Ofterschwang, 19. Februar 1962, abends

Der Priester war mutlos. Mehrfach hatte er in der Kaserne angerufen, zuletzt gegen 18 Uhr. Josef war nicht vom freien Wochenende in die Kaserne zurückgekehrt. Er hatte sich auch nicht gemeldet. Von seinem Freund Hans hatte man bereits traurige Gewissheit: Die Eltern hatten den Toten am späten Nachmittag identifiziert.

Wilhelmsburg, 20. Februar 1962, morgens

Im Stacheldraht hatte sich der Kadaver eines Schafes verfangen. Eigentlich waren sie auf der Suche nach menschlichen Toten. Auch

Überlebende sollten sie finden, aber diesbezüglich hatten sie die Hoffnung in diesem Stadtteil, der mehr oder weniger vollständig in den Fluten versunken gewesen war, längst aufgegeben. Wenn hier noch Irgendjemand, der nicht auf einem Dach saß, überlebt hätte, grenzte das an ein Wunder.

Sie beschlossen, das Schaf zu bergen. In der Nähe des Schafes lagen die Überreste eines Schlauchbootes. Sicherheitshalber sollten sie auch darunter nachschauen, ob sich dort ein weiterer Kadaver verfangen hatte, denn Schafe traten ja meist in Herden auf.

Als sie das Boot anhoben, erschraken sie. Zwei Menschen lagen darunter, ein junger Mann und eine junge Frau, in inniger Umarmung. Sie waren wahrscheinlich schon am Wochenende ertrunken, aber sie hatten einander nicht losgelassen, waren noch im Tode miteinander vereint.

**Ofterschwang,
20. Februar 1962, später Nachmittag**

Nun war der Zeitpunkt gekommen. Er musste Mechthild informieren. Auch am Vormittag war Josef noch nicht in die Kaserne zurückgekehrt. Schweren Herzens machte der alte Priester sich auf den Weg ins Krankenhaus, um die schlimme Botschaft zu überbringen. Als hätte Mechthild, die er schon als kleines Kind gekannt hatte, in ihrem Leben nicht schon genug gelitten. Und nun hatte sie wohl auch noch ihren Sohn, ihr einziges Kind und ihren letzten lebenden Verwandten verloren.

Auf dem Weg ins Krankenhaus kam ihm der Gedanke, dass er alt und amtsmüde war. Vielleicht sollte er sein Amt in jüngere Hände übergeben und sich zur Ruhe setzen. Zuviel Leid hatte er schon während seiner Amtszeit gesehen.

Zum Glück hatte er am Wochenende für Mechthild gesammelt. Es würde für eine Bahnfahrt nach Hamburg und einige Tage Aufenthalt dort reichen. Er selbst würde sie begleiten, damit sie in ihrer Not nicht alleine sein müsste. Das Geld dafür würde er von seinem Ersparten nehmen.

Ein Foto von Josef hatte er schon zusammen mit der Vermisstenmeldung nach Hamburg an den Suchdienst geschickt.

Hamburg, 24. Februar 1962, vormittags

Bedauernd sah der Mann vom Suchdienst die verhärmte Frau mittleren Alters an, die zusammen mit einem alten Priester erschienen war. Sie war auf der Suche nach ihrem Sohn. Er hatte wenig Hoffnung, dass sie noch ein Wunder erleben würden. Unter den noch nicht identifizierten Toten gab es einen jungen Mann, der große Ähnlichkeit mit demjenigen auf dem vom Priester übermittelten Foto hatte.

Er rief einen Kollegen, der Mechthild und den Priester in eine Turnhalle brachte, in der die Leichen aufgebahrt waren. Dort angekommen hatten sie schnell die traurige Gewissheit: Mechthild schaute in das bleiche Gesicht ihres toten Sohnes und brach weinend zusammen.

Der Priester versuchte sie zu beruhigen, ihr Trost zu spenden, doch weder Worte noch Gesten konnten Mechthild erreichen. Mechthild war außer sich, hatte sie doch das

Liebste, was ihr auf dieser Welt noch geblieben war, verloren.

Der Priester zog sich ein wenig zurück, ging weit genug, so dass Mechthild sich nicht von ihm beobachtet oder bedrängt fühlte, blieb aber nahe genug, so dass er ihr jederzeit beistehen konnte, wenn sie seine Hilfe benötigte.

Er schaute sich um: Der größte Teil der Toten war inzwischen identifiziert, er konnte es an den Namensschildern erkennen.

Neben Josef lag ein bildhübsches Mädchen. Auch sie hatte diese Katastrophe viel zu früh aus dem Leben gerissen. Wer war sie? Wo hatte der Tod sie ereilt? Noch war sie nicht von Freunden oder Angehörigen identifiziert worden.

Es wäre ein Mädchen nach Josefs Geschmack gewesen, dessen war er sich sicher. Er kannte Josefs Geschmack, seit der Junge damit begonnen hatte, ihm seine sündigen Gedanken zu beichten.

„Sie hätten ein schönes Paar abgegeben", dachte er und schüttelte den Kopf, um diesen sinnlosen Gedanken zu vertreiben.

Kurz danach wurde ein alter Mann vom Suchdienst durch die Halle geführt. Vor dem Mädchen blieb er stehen, brach kurz danach in Tränen aus.

„Inge, ach Inge", weinte er. „Wäre ich nur so herzlos gewesen und hätte dir weiterhin verboten, zu dieser Geburtstagsfeier zu gehen. Dann könntest du jetzt noch leben!"

Der Priester ging zu dem Mann, strich ihm sanft über den Arm. Nun gab es kein Halten mehr. Der alte Mann sackte in sich zusammen.

„Ich habe meine Enkelin umgebracht", schluchzte er. „Ich war zu gutmütig bei ihrer Erziehung, nachdem ihre Eltern beide tot waren. Sie war das Letzte, was ich noch von der Familie hatte. Ich hatte ein ungutes Gefühl, als sie zu dieser Geburtstagsfeier gehen wollte. Erst habe ich versucht, es zu verhindern, dass sie hingeht. Doch dann mochte ich ihr die Freude nicht nehmen. Und nun ist sie tot und ich habe nicht einmal das Geld für ein anständiges Begräbnis."

Mechthild zuckte zusammen, als der alte Mann diese Worte sprach.

„Wahrscheinlich hatte sie die Worte bewusst wahrgenommen," dachte der Priester. „Wie sollte sie ihren Sohn begraben? Das Geld reichte sicherlich nicht, um ihn ins Allgäu zu überführen. Mechthild würde ihn in Hamburg begraben müssen. Und dann? Was blieb ihr, wenn sie wieder in die Heimat zurückkehrte, weit weg vom Grab ihres Sohnes?"

Hamburg, 24. Februar 1962, abends

Zufrieden rauchte Otto noch eine Zigarre, bevor er ins Bett ging. Die hatte er sich redlich verdient. Nach vielen Tagen und Nächten in den Räumen des Krisenstabes konnte er nun endlich wieder in seinem eigenen Bett schlafen. Und er dürfte ausschlafen, hatte am nächsten Tag frei. Eine Wohltat. Das Wasser war zurückgegangen, die Aufräumarbeiten weit fortgeschritten. Man ging davon aus, dass man alle Toten geborgen hatte. Die meisten waren inzwischen auch identifiziert worden.

Die armen und namenlosen Opfer dieser Flutkatastrophe würden in einem Massengrab auf dem Ohlsdorfer Friedhof beigesetzt werden. Dieses zu organisieren war aber nicht mehr seine Sache. Viele hatten ihm sein Leben zu verdanken, weil er die Kräfte der Bundeswehr so gut koordiniert hatte und den verrückten Reeder davon abgehalten hatte, die Rettungsarbeiten mit seinen eigenen Bootsbesatzungen zu stören.

Zur Belohnung könnte er nun gut eine Frau gebrauchen, doch er war zu müde, um noch ins Rotlichtviertel zu gehen.

Hamburg, Rathausmarkt, 26. Februar 1962

Über 100.000 Menschen waren gekommen, um bei einer gemeinsamen Trauerfeier der Toten dieser schrecklichen Sturmflut zu gedenken. 315 Menschen hatten in Hamburg ihr Leben gelassen, viele waren durch die Flut im Schlaf überrascht und ertränkt worden.

Auch Mechthild und der Priester standen dort. Mechthild war überwältigt von der Anteilnahme der Hamburger.

Hamburg, 27. Februar 1962

„Sobald sein Vater von seiner Reise zurück ist, holt er dich hier ab," sagte die Frau vom Jugendamt, als sie Dieter aus dem Krankenhaus in ein Waisenheim brachte. „Eure Wohnung ist zerstört, deine Mutter hat sich nicht gemeldet. Sie ist wahrscheinlich tot, wie Deine Geschwister auch."

Dieter nickte nur, konnte nichts sagen. Er war sicher, dass sein Stiefvater ihn hier niemals rausholen würde, nachdem er so versagt hatte, Mutter und Geschwister nicht schützen konnte.

Und er sollte recht behalten. Niemals mehr sah er seinen Stiefvater. Nach einem Jahr wurde ihm von der Heimleitung die Nachricht überbracht, dass sein Stiefvater bei einem Unfall auf See ums Leben gekommen war. Als Dieter älter war, fand er heraus, dass sein Vater sich mehr oder weniger tot gesoffen hatte. Er konnte den Tod seiner Frau und seiner leiblichen Kinder nicht überwinden, gab Dieter die Schuld daran. Deshalb hatte er ihn ins Heim gesteckt.

Schon als Jugendlicher geriet Dieter auf die schiefe Bahn, prügelte sich häufig. Die Erzieher versuchten, ihn irgendwie wieder zurechtzubiegen.

Dieter machte mit viel Mühe einen Hauptschulabschluss, arbeitete als Schauermann am Hafen. Doch mit dem Aufstieg der Containerschiffe wurden Männer wie er nicht mehr gebracht, er fand immer seltener Arbeit als Tagelöhner. Dann begann er eine zweifelhafte Karriere auf dem Kiez, die ihn auch einige Male ins Gefängnis befördern sollte.

Polizei Stade, 26. Februar 2012

Inzwischen war der Obduktionsbericht da. Der alte Mann war ertrunken. Nun musste noch ermittelt werden, ob es ein Mord oder ein Unfall gewesen war. Fremdverschulden war nicht auszuschließen, da der alte Mann ans Boot gefesselt gewesen war.

Inzwischen gab es auch einen Verdacht, wer der Tote sein könnte. Es lag keine Vermisstenmeldung vor, doch nachdem ein Foto des Toten in der Zeitung veröffentlicht worden war, hatten sich Anwohner aus Blankenese gemeldet, die ihren älteren Nachbarn längere Zeit nicht mehr gesehen hatten.

Hamburg Ohlsdorf, 1. März 1962

Mechthild stand am offenen Massengrab während der alte Priester ihren Arm hielt und sie stützte, damit sie hier nicht zusammenbrach. Dutzende Särge wurden in das Grab herabgelassen, darunter auch der ihres Sohnes Josef.

Vielleicht hätte es Mechthild ein wenig getröstet, wenn sie gewusst hätte, dass ihr Sohn im Tod mit dem Mädchen vereint war, das er in den fröhlichen Stunden vor seinem Tod kennen und lieben gelernt hatte. Durch Zufall kamen die Särge von Josef und Inge direkt nebeneinander zu liegen.

St. Pauli, 1. März 1962, nachts

Die Toten waren begraben und nun war es für Otto endlich wieder an der Zeit, sich seinem Vergnügen zu widmen. Otto hatte lange gebraucht, bis er ein Mädchen nach seinem Geschmack gefunden hatte, das bereit war, ihn zu bedienen.

Es schien ihm, als hätte die halbe Reeperbahn wegen eines Trauerfalls geschlossen. Aber das Leben ging weiter, besonders für ihn. Otto war davon überzeugt, dass er nun nach seinen herausragenden Leistungen im Krisenstab die Karriereleiter in Windeseile hochklettern würde.

Ofterschwang, 30. April 1962, abends

Die Menschen waren fröhlich und feierten die Wiederkehr der warmen Jahreszeit. Junge Leute tanzten in den Mai, Paare fanden sich, ja die einen oder anderen zeugten in dieser Nacht schon Kinder, die dann die Hochzeit beschleunigten.

Mechthild war allein zu Hause, versuchte Augen und Ohren vor dem lustigen Treiben zu verschließen. Zwei Monate lag es nun schon zurück, dass sie ihren Sohn zu Grabe getragen hatte. Niemals würde sie ihn wieder lachen hören, würde nie Enkelkinder haben.

Besuchen konnte sie sein Grab auch nicht, denn die Fahrt nach Hamburg war zu teuer.

21. Mai 2012, Polizei Stade

Sie legten den Fall zu den Akten. Inzwischen hatten sie herausgefunden, dass der alte Mann bizarre Fesselspiele beim Sex geliebt hatte. Seltsam war nur, dass normalerweise er es war, der die Frauen fesselte.

Keine der befragten Damen, deren Kunde er gewesen war, konnte sich daran erinnern, dass sie ihn jemals gefesselt hatte. Und ihre Fingerabdrücke, die sie alle freiwillig abgaben, stimmten nicht mit denen überein, die bei der Untersuchung des Bootes gefunden wurden. Zeugen hatten sich auch keine gemeldet. So blieb es ein ungeklärter Todesfall, bei dem die Polizei nicht einmal wusste, ob es ein Mord oder ein Unfall gewesen war, bei dem der alte Mann ums Leben kam.

Ofterschwang,
Nacht vom 16. auf den 17. Februar 1963

Ein Albtraum reihte sich an den nächsten. Mechthild war verzweifelt. In dieser Nacht jährte sich der Tod ihres Sohnes zum ersten Mal. Sie konnte nicht schlafen. Immer wieder wurde sie von schrecklichen Träumen geplagt, in denen sie sah, wie ihr Sohn ertrank. Oft hatte sie selbst auch das Gefühl zu ertrinken.

Gegen Morgen hatte sie ihren Entschluss gefasst. Sie wollte auch nicht mehr leben. Doch wie? Sollte sie ins Wasser gehen, wie so viele Frauen vor ihr? Nein! Nachdem sie in dieser schrecklichen Nacht den Tod durch Ertrinken in ihren Träumen mehrfach durchlitten hatte, wollte sie nicht wissen, wie es sich in der Realität anfühlte. Schlaftabletten für einen gnädigen Tod hatte sie keine im Haus.

So ging sie in die Küche, holte sich ein Messer aus dem Schrank, um sich die Pulsadern aufzuschneiden. Mit dem Messer in der Hand setzte sie sich auf einen Küchenstuhl, rief sich nochmals die Bilder ihres Sohnes in

Erinnerung, bevor sie sich auf dem Weg zu ihm machen wollte.

Vor Erschöpfung schlief sie auf dem Stuhl sitzend ein. So fand der alte Priester sie am Morgen, schlafend mit einem scharfen Messer in der Hand.

Hamburg, 20. Februar 1963

Otto war stolz auf sich. Er war befördert worden, schneller als die meisten gleichaltrigen Kollegen mit ähnlicher Ausbildung. Das hatte er nur seinen herausragenden Fähigkeiten im Krisenstab während der schweren Sturmflut vor einem Jahr zu verdanken.

Nun konnte er sich endlich nach einem Häuschen mit kleinem Garten umsehen und bald aus der ungeliebten Mietwohnung in Barmbek wegziehen.

Danach würde er sich auf Brautschau begeben, denn nun war er, das ungeliebte Flüchtlingskind, endlich eine gute Partie. Es musste schon mit dem Teufel zugehen, wenn ein Mann in seiner Position mit eigenem Haus keine Frau finden würde.

Blankenese, 15. Februar 2012

Otto hatte es sich nach dem Mittagessen wieder in seinem Schaukelstuhl im Wintergarten bequem gemacht. Er dachte an den blonden Engel, der ihm am Vortag besucht hatte. War die Schönheit echt gewesen, oder war es nur ein Traum?

Sie war bildhübsch und er hatte den Eindruck gehabt, dass sie ihn bewunderte. Sie war genau der Typ Frau, den er sich vor fünfzig Jahren als Ehefrau gewünscht hatte: Eine Frau, die hübsch war und ihn bewunderte, weich und willig. Nicht so eine Emanze, wie er sie in den Jahren seiner Berufstätigkeit immer wieder erlebt hatte.

Es reichte seiner Meinung nach völlig aus, wenn der Mann das Geld nach Hause brachte. Eine Frau musste nicht arbeiten. Seine Frau sollte dafür sorgen, dass er sich wohlfühlte, wenn er nach Hause kam und sich um ihre Kinder kümmern. Außerdem sollte sie seine Karriere unterstützen, indem sie ihm den

Rücken von den lästigen Alltagsdingen freihielt, so wie es seine Mutter als Offiziersfrau immer für den Vater getan hatte.

Aber die modernen Frauen wollten sich selbst verwirklichen, statt sich einen Ernährer zu suchen. Das konnte er nicht verstehen. Ohnehin fehlte den Hamburgern der Respekt vor preußischen Tugenden und vor allem vor der Uniform. Das hatte er während der Sturmflut erlebt, als der Reeder sich anmaßte, ihm seine Zivilisten anzubieten, weil er der Meinung war, dass seine Schiffsbesatzungen für den Rettungseinsatz besser geeignet seien, als die gut gedrillten Soldaten der Bundeswehr.

Mit diesem Gedanken schlief er ein. Einige Zeit später wurde er von der Türklingel geweckt.

Als er die Tür öffnete, blickte er in das Gesicht eines Engels. Sie stand vor ihm, im hübschen Kleid. Es erregte ihn, denn sie wirkte sehr feminin. Das Kleid betonte ihre weiblichen Reize, ohne zu viel zu offenbaren. Sie lächelte ihn an.

Ofterschwang, 17. Februar 1963 morgens

Als sie erwachte, sah sie den Priester vor sich knien.

„Mechthild, was hattest du vor?", fragte er mit Entsetzen in den Augen. „Wolltest du dich versündigen?"

Weinend fiel sie ihm um den Hals: „Ich mag nicht mehr. Was bleibt mir hier noch? Mein Mann ist irgendwo im kalten Russland begraben. Ich weiß nicht einmal wo. Mein Sohn liegt im fernen Hamburg und ich kann ihn nicht einmal besuchen. Die Frauen hier schneiden mich. Sie haben wohl Angst, dass ich mich an ihre Männer heranmache. Ich ertrage es einfach nicht mehr."

Der Priester sah ihr tief in die Augen: „Dein Mann und dein Sohn hätten sicher gern noch länger gelebt. Bestimmt könnten sie nicht verstehen, warum du dein Leben einfach so wegwerfen willst, obwohl es dir gegönnt ist, länger zu leben. Wenn du sie fragen könntest, würden sie bestimmt antworten, dass du dein Leben genießen und bis zum Letzten auskosten sollst. Lebe Ihnen zuliebe weiter!"

Hamburg, 6. April 2012

„Und da ich keine weiteren lebenden Verwandten habe, soll Michelle Schmidt meine Eigentumswohnung und mein Barvermögen erben... Als Gegenleistung soll sie mein Grab pflegen, als sei ich ihre Urgroßmutter gewesen. Außerdem soll sie mindestens einmal im Monat Blumen zum Flutopfermahnmal auf dem Olsdorfer Friedhof bringen. Hier ist mein Sohn Josef begraben. Er könnte ihr Großvater gewesen sein."

Der Anwalt lächelte sie an. Michelle war fassungslos. Jetzt war die Finanzierung ihres Studiums gesichert, denn sie besaß nun eine Wohnung in Hamburg, die sie entweder selbst bewohnen oder vermieten könnte. Sie hatte nun ein Dach über dem Kopf, musste die Miete nicht mehr nebenbei erarbeiten. Die Finanzierung des nun noch Notwendigen könnte sie auch mit normalen Studienjobs erreichen, ohne ihren Körper anzubieten.

In ihrer Not war sie kurz davor gewesen, hatte eine entsprechende Anzeige im Hamburger Abendblatt aufgegeben. Sie war erstaunt gewesen, als sich die alte Dame gemeldet und sie beauftragt hatte, einen Mann zu verführen, der Michelles Schätzung nach fast ebenso alt war wie die Dame selbst. Schon die Anzahlung und die zweite Zahlung, die sie nach der Durchführung des Auftrages von dem Bekannten der alten Dame erhalten hatte, waren mehr als sie in einem halben Jahr mit ihrem bisherigen Studentenjob verdient hatte.

Die alte Dame hatte bei der Beauftragung angedeutet, dass Michelle noch einen größeren Betrag zu erwarten hätte, wenn sie den Auftrag zur vollen Zufriedenheit der alten Dame durchführen würde. Dass sie als Erbin eines großen Vermögens eingesetzt werden würde, hätte sie aber nie erwartet.

Sie fragte sich, was es mit dem Sohn der alten Frau auf sich hatte, der ihr Großvater hätte sein können. Wenn er in dem Massengrab der Flutopfer begraben worden war, war er wahrscheinlich bei der schrecklichen Sturmflut in der Nacht vom 16. auf den 17. Februar 1962 ums Leben gekommen. Diese verheerende Flut war in das Gedächtnis der Hamburger eingebrannt.

Könnte sie tatsächlich mit der alten Dame verwandt sein? Michelle war in Heimen und bei Pflegeeltern aufgewachsen, wusste eigentlich nichts über ihre Herkunft.

Sie wusste nur, dass sie studieren wollte, obwohl ihr das niemand zutraute und es schwer für sie war, hinreichend Geld zur Finanzierung zusammen zu bekommen.

Die alte Dame hatte sie gerettet, gab ihr nun alle Möglichkeiten, ihren Traum zu verwirklichen. Michelle beschloss, diese Dame als ihre echte Vorfahrin zu betrachten, sie ewig in guter Erinnerung zu halten und ihr Grab zu pflegen. Und auch das Andenken von Mechthilds Sohn würde sie ehren, zumal die alte Dame die Möglichkeit in Erwägung gezogen hatte, dass er Michelles Großvater gewesen sein könnte. Selbst wenn alles nur ein Fantasiegespinst der alten Dame gewesen sein könnte: Michelle hatte nun eine echte Familie, sie hatte Wurzeln, deren Namen teilweise bekannt waren. Und das war ihr wichtig: Es gab Namen von Menschen, von denen sie behaupten konnte, dass sie ihre Vorfahren gewesen waren.

Ofterschwang, Ostern 1963

Mechthild erwachte ausgeruht. Jetzt wusste sie endlich was zu tun war. Es gab nichts mehr, was sie an diesem Ort hielt. Ihre Tage hier in Ofterschwang waren gezählt.

Aber der Priester hatte recht: sie sollte ihr Leben nicht wegwerfen, sondern weiterleben. Mechthild träumte häufig von ihrem Sohn. Sie hatte immer wieder das Gefühl, das Josef ihr noch irgendetwas sagen wollte. Manchmal war es Mechthild, als hätte Josef diese verheerende Sturmflut überleben können, wenn es nicht jemand verhindert hätte, wenn nicht jemand den Retter ihres Sohnes zurückgehalten hätte.

In der vergangenen Nacht hatte Mechthild geträumt, dass Josef sie aufforderte, die genauen Umstände seines Todes zu klären und den Schuldigen zu finden. Sie wusste nicht, wie sie dies bewerkstelligen sollte. Doch Mechthild wusste sicher, dass sie dieses nicht schaffen könnte, solange sie in Ofterschwang wohnte, sondern dass sie dazu nach Hamburg ziehen müsste. Sie beschloss, den Priester in ihre Pläne einzuweihen.

Hamburg, 10. November 1965

Otto freute sich über sein neues Auto. Es regnete, die Sicht war schlecht an diesem Abend. Die Temperaturen schwankten schon seit Tagen um den Gefrierpunkt. Er hatte mit Kollegen gefeiert, hatte dem Gastgeber in seinem Auto nach Hause gefahren. Wahrscheinlich war Otto nur aus dem Grund eingeladen worden, weil der Gastgeber zusammen mit dem Besitzer dieses schönen Sportwagens gesehen werden wollte.

Doch das war Otto mittlerweile egal. Er wollte dazugehören. Und wenn die Kollegen ihn einluden, weil sie zusammen mit Otto gesehen werden wollten, war es ihm inzwischen recht. Wichtig war für Otto, dass es Menschen gab, die Wert auf seine Gesellschaft legten und in irgendeiner Form auch bereit waren, dafür zu bezahlen. Man hatte Otto auf der Feier hofiert.

Otto hatte viel getrunken, eigentlich viel zu viel, um noch mit seinem Auto nach Hause zu fahren. Doch das war ihm egal. Er wollte sein kostbares Auto nicht irgendwo in Hamburg über Nacht auf der Straße parken, sondern er wollte es sicher bei sich in der Garage wissen. Es war schon nach Mitternacht, die Straßen menschenleer. Auch die Polizei war nicht zu sehen. Also war es völlig ungefährlich für Otto, mit dem eigenen Auto nach Hause zu fahren.

Otto war ganz in Gedanken, überlegte, wie die Veranstaltung ihn beruflich weiterbringen könnte. Zu spät sah er die rote Ampel und den Menschen, der dort über die Straße lief. Er schaffte es nicht mehr zu bremsen. Der Mann flog wie eine Puppe über die Motorhaube, blieb am Straßenrand liegen.

Otto hielt an, ging zu dem Menschen und erschrak als er ihn sah. Der Mann lag mit seltsam verrenkten Gliedern da, war blutüberströmt. Die Augen waren geöffnet, doch Otto konnte nicht erkennen, ob es die Augen eines gerade noch Lebenden oder die eines Toten waren, die ihn anschauten. Er wollte es auch nicht wissen. Der Mann war entweder tot oder so gut wie tot.

In den letzten Jahren hatte dieser Mann Otto bereits reichlich Ärger bereitet, denn es war der Reeder, den er in den Katastrophentagen abgewiesen hatte. Wenn Otto jetzt einen Krankenwagen oder die Polizei rief, würde er sich erklären müssen. Wahrscheinlich würde man merken, dass er viel zu viel getrunken hatte, um noch Auto zu fahren. Und damit würde der Reeder ihm wieder einmal Ärger bereiten.

Otto sah sich noch einmal um, konnte keine Menschenseele entdecken, setzte sich wieder in sein Auto und verschwand.

Doch diesmal meinte das Schicksal es nicht gut mit ihm: Eine halbe Stunde später fand ein Passant den Schwerverletzten und rief einen Krankenwagen.

Die Ärzte machten sich wenig Hoffnung, kämpften aber trotzdem um sein Leben. Und sie schafften es: Der Mann überlebte, saß nun aber für den Rest seines Lebens im Rollstuhl und konnte sich an die Ereignisse der Nacht nicht mehr erinnern.

Blankenese, 15. Februar 2012

Sie hielt etwas in Geschenkpapier Eingepacktes hoch.

„Ich möchte mich dafür bedanken, dass Sie sich gestern die Zeit genommen und mir Ihren Wintergarten gezeigt haben", sagte sie.

Otto war sprachlos. Dann fand er die Worte wieder, lud sie auf einen Kaffee in sein Haus ein. Zu seiner Freude nahm sie die Einladung an.

Er hatte wirklich Glück, denn vormittags hatte er aus einer Laune heraus seiner Haushälterin aufgetragen, vier Stücke Sahnekuchen zu besorgen. Als die Bestellung bei ihm abgeliefert wurde, hatte er sich als einen alten Narren beschimpft, doch er hatte wieder einmal den richtigen Riecher gehabt. Nun saß diese bildhübsche Frau in seinem Wohnzimmer.

Während er in der Küche den Kaffee kochte, packte er ihr Geschenk aus. Sie hatte ihm einen ausgezeichneten Bordeaux-Wein mitgebracht. Das Mädchen hatte Geschmack. Auch von ihrem Kleidungsstil war er angetan. Seine Männlichkeit regte sich wieder. Otto fragte sich, ob es noch funktionieren würde mit einer Frau... Mindestens zehn Jahre hatte er bei keiner Frau mehr gelegen. Normale

Frauen wollten ihn schon lange nicht mehr. Und die käuflichen Damen waren ihm zu teuer, zumal sie mit seinem zunehmenden Alter ihre Preise immer weiter erhöhten.

Doch diese Schönheit lockte ihn. Er beschloss, sein Glück einfach einmal zu versuchen.

Er packte Kaffee und Kuchen auf ein Tablett, das er mit einem Lächeln auf den Lippen in sein Wohnzimmer trug, wo ihm der blonde Engel schon erwartungsvoll entgegen schaute.

Hamburg, 16. Februar 1966

Mechthild legte eine Rose auf das Grab, in dem ihr Sohn neben vielen anderen Flutopfern begraben lag. Vier Jahre lang war er nun schon tot. Dennoch war ihr das Leben ohne Ihren Josef leichter geworden, seit sie im Sommer 1963 nach Hamburg gezogen war.

Der alte Priester wollte sie zunächst nicht gehen lassen. Er machte sich Sorgen, dass sie sich allein in der Ferne doch etwas antun könnte. Doch so allein, wie er gefürchtet hatte, war sie nicht. Hier war das Grab ihres einzigen Sohnes. Seit sie in Hamburg wohnte, konnte sie ihn regelmäßig besuchen, was ihr beim Grab ihres Mannes nicht vergönnt war.

Nachdem die Entscheidung getroffen war, hatte Mechthild ihr Erspartes zusammengekratzt, ihr Häuschen verkauft und war nach Hamburg gezogen. Trotz der Wohnungsknappheit hatte sie schnell ein möbliertes Zimmer gefunden. Genügsam und fleißig wie sie war, hatte sie auch bald eine Putzstelle gefunden, von der sie einigermaßen leben konnte, so dass sie fast das ganze Geld aus dem Hausverkauf auf ihrem Sparkonto lassen konnte.

Manchmal überlegte sie, ob sie sich um eine andere Stelle bemühen sollte, denn ihre Arbeitszeiten waren frühmorgens und abends. Besonders im Winter fürchtete sie sich in den dunklen Straßen auf dem Weg von und zur Arbeit. Gedankenlos nahm sie die Zeitung mit, die jemand gegenüber in der S-Bahn hatte liegen lassen. Mechthild nahm sich vor, sie in Ruhe bei einer Tasse Kaffee zu Hause zu lesen.

Weihnachten 2011

Sie mochte nicht mehr. Fünfzig einsame Weihnachtsfeste hatte es gegeben. Andere feierten mit ihrer Familie und ihren Kindern, Jahr für Jahr. Irgendwann waren bei ihnen dann auch die Enkelkinder hinzugekommen. Und es gab Frauen in ihrem Alter, die hielten schon ihre Urenkel im Arm.

Dieses Glück hatte Mechthild nie kennenlernen dürfen, nachdem die Sturmflut 1962 ihr das einzige Kind genommen hatte.

Doch ein Ziel musste sie noch erreichen: Sie müsste dafür sorgen, dass der Kreis sich schloss, dass der mögliche Mörder ihres Sohnes seine gerechte Strafe bekam.

Die Informationen, die sie dazu benötigte, hatte sie als Weihnachtsgeschenk bekommen.

Hamburg, 25. Februar 1966

Er war wahrscheinlich mindestens genau so aufgeregt wie die Bewerberin, die im Flur vor seinem Salon stand und darauf wartete, sich bei ihm vorstellen zu dürfen.

Zum ersten Mal nach diesem schrecklichen Unfall, der ihn zwar nicht umbringen konnte, aber ihn aus dem vollen Leben in den Rollstuhl katapultiert hatte, zeigte er sich einer Fremden.

Er hatte lange mit dem Schicksal gehadert, nicht mehr leben wollen. Doch als gottesfürchtiger Mensch, der er war, hatte er sich gesagt, dass es eine Sünde sei, Hand an sich zu legen. Inzwischen war er zu der Überzeugung gekommen, dass es einen Grund gab, dass er überlebt hatte, obwohl die Ärzte nie richtig geglaubt hatten, dass sie ihn retten könnten. Er hatte eine Aufgabe, die er noch erfüllen musste, dessen war er sich sicher.

Die Reederei wurde von einem Verwalter geführt, den die Familie eingesetzt hatte, nachdem klar war, dass er sein Gedächtnis zumindest in Teilen verloren hatte. Er hoffte, dass ihn sein Gefühl nicht täuschte, denn er war der Meinung, die Familie habe eine gute Wahl getroffen. Aber wusste er überhaupt noch, worum es bei dem Geschäft ging und wie eine Reederei zu führen war? Er war sich dessen nicht mehr sicher.

Mit Sicherheit wusste er aber, dass er sich an den Tag des Unfalls nicht mehr erinnern konnte.

Er atmete noch einmal tief durch, straffte die Schultern, bevor er die Tür öffnete und die Bewerberin hereinbat. Sie gefiel ihm auf Anhieb: Ein ehrliches Gesicht, schlicht, aber ordentlich gekleidet, Hände, denen man schwere Arbeit ansah, die aber trotzdem sauber und gepflegt waren. Als sie ihn begrüßte, irritierte ihn zunächst der bayrische Einschlag bei ihrem Sprechen, aber daran würde er sich gewöhnen. Sie wurden sich schnell einig. In zwei Wochen würde Mechthild ihre neue Stelle als Gesellschafterin bei ihm antreten.

**Finkenwerder,
16. Februar 2012, 14.00 Uhr**

Er war am Ziel. Der blonde Engel hatte ihn eingeladen. Einige Stunden nach ihrem Besuch am Vortag, bei dem es ihm leider nicht gelungen war, sie in seinem Haus zu verführen, hatte sie ihn angerufen. Ihre Großmutter sei für einige Tage verreist und sie würde in dem Haus der Großmutter wohnen, um darauf aufzupassen.

Es war einsam dort und sie habe auch ein wenig Angst allein in dem großen Haus, hatte sie ihm gestanden. Deshalb würde sie sich sehr freuen, wenn er sie dort besuchen käme und auch etwas Zeit mitbringen würde.

Das war Otto nur recht. Er würde die ganze Zeit bleiben, wenn sie es wollte. Und wenn sie sich weiterhin zierte, könnte ein bisschen Druck sicherlich auch helfen.

Als sie die Tür öffnete, wusste er, dass er gewonnen hatte. Sie begrüßte ihn mit einem Glas Sekt. Zwar bevorzugte er Champagner, doch er war zufrieden mit ihr. Als kleine, eher mittellose Studentin, die sie nun einmal war, hatte sie sich wirklich Mühe gegeben, ihn angemessen zu begrüßen. Das ließ ihn auf ein erotisches Abenteuer hoffen.

Weihnachten 1966, Hamburg

Mechthild saß in ihrem Zimmer, schaute ab und zu auf die Elbe, während sie einen Brief an den alten Pfarrer nach Ofterschwang schrieb. Sie erzählte ihm, dass sie es gut getroffen habe, er sich keine Sorgen mehr um sie machen müsste. Seit über einem halben Jahr arbeitete sie schon als Gesellschafterin des Reeders. Nach wenigen Wochen bot er ihr an, eines der Zimmer in seinem großen Haus zu bewohnen und die eigene Wohnung zu kündigen. Die Miete könnte sie sparen, um sich dann später eine Eigentumswohnung zu kaufen, sagte er ihr. Diese könne sie dann bewohnen, wenn er tot sei und ihre Dienste nicht mehr benötigte. Er hoffte aber, dass dieses noch lange dauern würde, denn durch sie habe er wieder neuen Lebensmut gefunden.

Ihre Aufgaben waren einfach: Mechthild bereitete ihm das Frühstück und Abendessen. Dies waren gleichzeitig auch Dienstbeginn und Dienstende für sie. Tagsüber begleitete sie ihn den ganzen Tag lang, brachte ihn in den Garten, wenn das Wetter gut war, oder las ihm vor, unterhielt sich mit ihm und erzählte auch ab und an aus ihrem Leben, wenn er sie danach fragte.

Sie lernte, mit einer Schreibmaschine umzugehen, und schrieb Briefe oder andere

Texte, die er ihr diktierte. Putzen musste sie nicht mehr, denn in dem Haus gab es Putzfrau, Köchin und eine Pflegerin, die den Reeder nachts betreute, ihn morgens wusch und anzog.

Mechthild war nur als Gesellschafterin angestellt und sollte ihren Arbeitgeber zwischen Frühstück und Abendessen unterhalten. Manchmal bat er sie auch, ihn nach dem Abendessen zu unterhalten. Sie tat es gern, schrieb nie Arbeitsstunden dafür auf, was er wohlwollend bemerkte.

Teufelsbrück, 30. Dezember 2011

Ein bisschen mulmig war Mechthild schon zumute, als sie sich mit dem Mann unterhielt. Er würde über Leichen gehen, dessen war sie sich sicher. Eigentlich war es genau das, was sie wollte.

Doch, wenn er auch sie töten würde, so hoffte sie, dass er damit wartete, bis sie wusste, dass sie die Toten erfolgreich gerächt hatte. Danach wäre ihr alles egal.

Allerdings hatte der Reeder in seinem Brief an Mechthild geschrieben, dass dieser Mensch - unabhängig davon, wie viele Menschen er schon ins Jenseits befördert haben mochte und obwohl er schon viele Jahre seines Lebens in diversen Gefängnissen verbracht hatte - sich an seinem eigenen Ehrenkodex hielt und seinen Auftraggebern nichts zuleide tun würde, sofern sie sich an die Zahlungsvereinbarungen hielten, gegenüber anderen schwiegen und der Auftrag mit dem Ehrenkodex vereinbar war.

Die einzige Sorge, die der alte Reeder hatte, als er den Brief an Mechthild schrieb und diesen Mann zur Ausführung ihrer Rache empfahl, war die, dass dieser Mann vielleicht schon tot sein könnte, wenn Mechthild seine Dienste benötigte, denn er hatte einige Feinde und es würde zwischen der Niederschrift des Briefes und der Aushändigung an Mechthild einige Zeit vergehen. Schließlich hatte der den Brief in Vollbesitz seiner geistigen Kräfte geschrieben und ging davon aus, dass er längst tot war, wenn Mechthild am 50. Jahrestag des Unglücks ihren Rachefeldzug führen würde.

Nach einer halben Stunde waren Mechthild und Dieter, so sollte sie diesen Mann nennen, sich handelseinig geworden. Bis zur Übergabe der ersten Rate in zwei Wochen musste sie einen Lockvogel gefunden haben, der völlig unbescholten war. Alles andere würde Dieter regeln und ihr bei der Geldübergabe weitere Anweisungen geben.

Ausflugsdampfer im Hamburger Hafen, 16. Februar 1972

Der Auftrag hatte Mechthild vollkommen überrascht: Ihr Chef wollte am 16. Februar eine große Hafenrundfahrt auf einem ganz gewöhnlichen Schiff zusammen mit ganz normalen Touristen unternehmen. Warum dies? Als ehemaliger Reeder kannte er den Hafen doch wie seine Westentasche.

Mechthild genoss die Fahrt, bemerkte aber, dass der alte Reeder hochkonzentriert zuhörte und sich immer wieder Notizen machte, wenn es um die Sturmflut 1962 ging.

Beim Abendessen in seinem Haus klärte er sie dann auf.

Er erzählte ihr, dass während der Sturmflut 1962 mehrere Hochseeschiffe seiner Reederei mit sturmerprobten Besatzungen im Hamburger Hafen gelegen hatten. Sein Angebot, dass die Besatzungen mit ihren Rettungsbooten bei der Bergung der Menschen aus den Fluten helfen könnten, war abgelehnt worden.

Er bereue immer wieder, dass er sich dieser Anordnung nicht widersetzt und die Schiffe trotzdem losgeschickt hatte. Stattdessen waren unerfahrene Soldaten mit untauglichen Schlauchbooten unterwegs gewesen. Viele Boote waren von Stacheldraht und anderen Unterwasserhindernissen zerfetzt worden und gesunken - eine Verschwendung von Menschenleben.

„Dann hätte mein Sohn Josef vielleicht noch leben können?", fragte Mechthild zaghaft.

Traurig nickte der alte Reeder: „Ja, er und viele andere auch. Viel Elend hätte verhindert werden können. Nacht für Nacht träume ich von Ertrunkenen, die mich vorwurfsvoll anschauen."

„Was wurde aus dem Mann, der die Hilfe abgelehnt hat?", fragte Mechthild. „Hat das Schicksal ihn gestraft?"

Er schüttelte den Kopf: „Ganz im Gegenteil. Er wurde als Held gefeiert, ist die Karriereleiter schnell nach oben gefallen. Mit einem seiner teuren Autos, hat er mich dann auch noch zum Krüppel gemacht. Inzwischen kann ich mich an Teile des Unfalls erinnern, sehe ihn vor mir, wie er kurz mach mir schaute und mich dann einfach liegen ließ, in der Hoffnung, dass ich schnell verrecken würde. Doch beweisen kann ich ihm leider nichts."

„Ich würde ihn am liebsten umbringen", flüsterte Mechthild.

Hamburg, 20. Januar 2012

Sie hatte ihren Lockvogel gefunden. Mechthild hatte entsprechend Dieters Vorgaben eine Zeitungsanzeige aufgegeben und die Bewerbungsschreiben gesichtet.

Danach kam der schwierige Teil für sie: sie müsste die Vorstellungsgespräche allein führen, sich auf ihr Bauchgefühl verlassen, während sie das Werkzeug für ihre Rache wählte.

Nachdem sie das Waisenkind mit dem Namen Michelle ausgewählt hatte, durchleuchtete Dieter das Leben der Studentin auf seine Weise und war mit Mechthilds Auswahl zufrieden.

Michelle sollte Otto am 16. Februar in ein Haus in Finkenwerder bringen, über das Dieter frei verfügen konnte. Zusammen mit Alkohol sollte sie ihm ein leichtes Betäubungsmittel einflößen, damit Dieter ihn ohne Gegenwehr und Geschrei vom Haus ins Boot bringen könnte.

Damit war Michelles Auftrag dann ausgeführt und Otto hoffentlich schnell wieder bei Bewusstsein, damit Mechthild ihre Rache voll auskosten konnte.

Hamburg, Silvester 2010

Weinend stand Mechthild am Totenbett. Vor fast einem Tag hatte der Fahrer sie aus ihrer gemütlichen Eigentumswohnung, die sie der großzügigen Entlohnung des alten Reeders zu verdanken hatte, abgeholt. Der alte Mann lag im Sterben. Obwohl er schon seit einigen Jahren dement war und die Erben ihre Stelle daraufhin gekündigt hatten, hatte er darauf bestanden, dass sie zu ihm gerufen wurde.

Und sie war es auch, an die er seine letzten Worte richtete: „Du hast mir den Mut gegeben, so lange durchzuhalten. Warte auf mein Vermächtnis, dann bekommst du deine Rache."

**Finkenwerder,
16. Februar 2012, 16.00 Uhr**

Michelle zog sich schnell wieder an. Die alte Dame hatte sie für Sex bezahlt, aber soweit war es nicht gekommen. Der alte Mann, vor dem sie sich ekelte, war zum Glück vorher eingeschlafen.

In den ersten Tagen des Kennenlernens hatte sie ihn ja noch sehr charmant gefunden, als er noch um sie warb und sich wie ein Gentleman benahm.

Nachdem sie ihn in das Haus gebeten hatte, war der Zauber verflogen. Er war sich ihrer sicher gewesen und hatte sie wie eine Prostituierte behandelt. Michelle war froh gewesen, als das Betäubungsmittel wirkte, hatte schnell bei der alten Dame angerufen. Die war innerhalb weniger Minuten da gewesen, hatte Michelle einen dicken Umschlag mit der vereinbarten Geldsumme in die Hand gedrückt und sie aufgefordert, unverzüglich mit der nächsten Fähre zu den Landungsbrücken zu fahren.

Michelle tat nichts lieber als das. Der Mann war ihr in den letzten Stunden unheimlich geworden. Sie hatte sich zwar gefragt, was die alte Dame mit ihm anfangen würde, nachdem sie ihn in ihr Haus gelockt und betäubt hatte, doch nun wollte Michelle es nicht mehr so genau wissen. Sie hatte den Auftrag ausgeführt, das vereinbarte Geld erhalten und würde keinen von beiden wiedersehen müssen, auch wenn die alte Dame ihr für einen späteren Zeitpunkt weiteres Geld versprochen hatte.

Finkenwerder,
16. Februar 2012, 17.30 Uhr

Mechthild wurde nervös. Würde Dieter wirklich kommen? Vor vielen Jahren hatte der alte Reeder ihr Seemannsknoten beigebracht. Seltsamerweise erinnerte sie sich heute wieder daran, obwohl sie lange nicht mehr geübt hatte.

Da sie wusste, dass die Betäubung wahrscheinlich nicht lange anhalten würde, hatte sie Otto sicherheitshalber gut verschnürt, nachdem das Mädchen das Haus verlassen hatte. Sie wollte sicherstellen, dass Otto ihr nicht abhanden kam, bevor sie den letzten Teil ihres Planes durchführen konnte. Doch wo blieb Dieter? Es war schon dunkel und sie könnten Otto hoffentlich ungesehen durch den Garten zum privaten Anleger des Hauses schaffen.

Otto schlug die Augen auf, öffnete langsam den Mund. Geistesgegenwärtig verklebte Mechthild ihn mit einen breiten Streifen Klebeband den Mund, bevor er schreien konnte.

„Gute Arbeit, altes Mädchen!"

Mechthild erschrak, als sie die Stimme hörte.

Als sie sich langsam umdrehte, grinste Dieter sie an.

„Wozu brauchst du mich überhaupt noch, nachdem du ihn so fachmännisch verschnürt hast?"

„Ich habe kein Boot und könnte es auch nicht fahren.", antwortete sie spontan und wahrheitsgemäß.

Nun lachte Dieter laut auf: „Du gefällst mir! Dann lass mich mal machen."

Er überprüfte den Knebel, wickelte den Mann in eine Decke ein und ging hinaus in den Garten. Mechthild folgte ihm wortlos. Am Steg waren ein Schlauchboot und ein kleines Boot mit Motor vertäut. Das Eis um die Boote herum war bereits aufgebrochen wurden.

Otto nickte: „Deshalb hat es so lange gedauert. Ich musste erst einmal dafür sorgen, dass wir mit den Booten auch von hier wegkommen.

Dieter legte Otto ins Schlauchboot und fesselte ihn daran. Dann forderte er Mechthild auf, sich auch ins Schlauchboot zu setzen. Es machte keinen Vertrauen erweckenden oder gar seetüchtigen Eindruck auf sie.

Dieter grinste, konnte scheinbar ihre Gedanken lesen.

„Keine Sorge, das Boot wird wie gewünscht untergehen."

Otto riss vor Schreck die Augen weit auf.

Mechthild fügte sich in ihr Schicksal. Hauptsache sie lebte noch lange genug, um mit anzusehen, wie der potentielle Mörder ihres Sohnes starb.

Dieter drückte ihr einen Belegnagel in die Hand: „Hier! Zieh ihm eine damit über, wenn er Ärger macht. Ich muss uns nun mit dem andern Boot weiter auf den Strom rausrudern, der Motor wäre zu laut. Draußen auf der Elbe spiele ich dann Schiffe versenken."

Mechthild beobachtete, wie Dieter die Leinen beider Boote löste. Dann setzte er sich ins andere Boot und ruderte mit dem Schlauchboot im Schlepp los.

Nach einer gefühlten Ewigkeit kam er längsseits. Mechthild hatte keine Ahnung, wo sie sich befanden, vermutete aber, dass sie knapp außerhalb des Fahrwassers waren, damit vorbeifahrende Schiffe das Boot nicht sehen würden.

„Nimm ihm den Klebestreifen ab, damit wir ihn vor Angst schreien hören", forderte Dieter sie auf. „Hier draußen kann ihn niemand hören."

Nachdem sie den Knebel entfernt hatte, erzählte Mechthild ihre Geschichte und die des Reeders, schrie ihre Wut auf den Mann, der ihren Sohn möglicherweise durch seine Unfähigkeit und Ignoranz getötet hatte, hinaus.

Dieter wickelte zwischenzeitlich Stacheldraht um das Schlauchboot.

Als Mechthild geendet hatte, sagte er: „Und deshalb sollst du jetzt genauso elendig ertrinken, wie die armen Schweine vor fünfzig Jahren. Wir werden dabei zusehen."

Dann schlug er mit einem breiten Bett auf den Draht, dessen Stacheln sich sofort in die Luftkammern bohrten. Mechthild hörte, wie die Luft entwich. Otto geriet in Panik, schrie sie an. Langsam füllte sich das Boot mit Wasser. Es würde sinken, während der Ebbstrom es flussabwärts trieb. Das war sicher.

Mechthild war ganz ruhig. Auch sie würde sterben, dessen war sie sich sicher. Aber sie hatte ihre Rache.

Kurz bevor sie ohnmächtig wurde, holte Dieter sie ins andere Boot.

„Nicht schlappmachen. Du sollst deine Rache gern noch ein paar Tage oder Monate auskosten. Der Auftrag hat mir gefallen. Ich glaube, du hast auch mich und meine Familie gerächt."

Dann wickelte er sie in warme Decken ein und gab ihr heißen Tee zu trinken.

Hamburg, 20. Februar 2012

Als sie an diesem Morgen in ihrem Bett erwachte, wusste sie, dass es das letzte Mal sein würde.

Nachdem Dieter sie zu sich ins Boot geholt hatte, waren sie bei dem Schlauchboot geblieben, bis sicher war, dass Otto wirklich tot war. Danach war Mechthild eingeschlafen und am nächsten Morgen in ihrem Bett aufgewacht. Wie Dieter sie dorthin gebracht hatte wusste sie nicht. Es war ihr auch egal.

Sie hatte sich am 17. Februar von einem Taxi zum Grab ihres Sohnes bringen lassen, war dort zwei Stunden geblieben und hatte Josef berichtet, was sie getan hatte. Danach hatte sie damit begonnen, einen Brief an die Zeitungsredaktionen zu schreiben. Dafür hatte sie auch noch die beiden nächsten Tage benötigt.

Gestern Abend war sie fertig geworden und hatte den Brief mehrfach ausgedruckt. Sie war froh darüber, dass sie immer mit der Technik der Textverarbeitung Schritt gehalten hatte und zuletzt Briefe auf einem Computer statt auf der Schreibmaschine geschrieben hatte.

Die Briefe an die ihrer Ansicht nach wichtigsten Zeitungsredaktionen hatte sie in einem Schuhkarton verstaut, den sie gut sichtbar auf den Esstisch gestellt hatte.

Ihr Werk war getan. Sie freute sich auf das Wiedersehen mit ihrem Mann und ihrem Sohn. Viel zu lange hatte sie ohne ihre Lieben auskommen müssen.

„Heute ist ein guter Tag zum Sterben", dachte sie und rief den Pfarrer an, der schon seit einiger Zeit einen Schlüssel für ihre Wohnung hatte und sich auch unverzüglich auf den Weg machte.

Polizeistation Stade, 16. Februar 2013

Morgens lag ein brauner Umschlag im Briefkasten der Polizeistation. Er war unfrankiert, ein Bote musste ihn gebracht haben.

Als die Beamten ihn öffneten fanden sie darin einen weiteren verschlossenen Umschlag, adressiert „An die Polizeistation, die die

Leiche des Mörders findet". Dazu noch ein maschinengeschriebenes Anschreiben eines Pfarrers aus einer der katholischen Gemeinden Hamburgs.

Bevor sie den seltsamen Umschlag öffneten, lasen sie zunächst das Anschreiben: „Ich wurde vor knapp einem Jahr von einem meiner Schäflein auf dem Sterbebett damit beauftragt, Ihnen den beiliegenden Brief an dem auf den Todestag folgenden 16. Februar auszuhändigen. Den Inhalt des Briefes kenne ich nicht. Ich vermute aber, dass er mit den Ereignissen zu tun hat, die mir die alte Dame auf dem Sterbebett gebeichtet hat. Bitte sehen Sie mir nach, dass ich nicht weiter darauf eingehen kann, da diese Dinge dem Beichtgeheimnis unterliegen."

Sicherheitshalber ließen die Beamten den beigefügten Brief von der Spurensicherung bearbeiten, bevor sie ihn öffneten.

„Wenn Sie dies lesen, bin ich tot, wahrscheinlich auch schon längst begraben. Meine Seele ist bei meinem geliebten Mann, der jung im Krieg bleiben musste und bei meinem einzigen Sohn, der vielleicht noch leben könnte, wäre da nicht die Arroganz und Ignoranz dieses ungeheuren Otto gewesen.

Er hat viele Menschenleben auf dem Gewissen. Ich bin nicht sicher, ob auch mein Sohn dabei war. Die Wahrscheinlichkeit ist hoch, deshalb habe ich diesen Verbrecher gerichtet. Er ist genauso gestorben, wie die vielen unschuldigen Opfer 1962, die hätten leben können, wenn die Schlauchboote, in denen sie zunächst gerettet schienen, nicht vom Stacheldraht oder anderen Dingen mit scharfen Kanten zerfetzt worden wären.

Ich habe Otto an ein Schlauchboot gefesselt, es auf der Elbe treiben lassen und dann durch Stacheldraht zum Sinken gebracht. Er ist in diesem Boot hoffentlich genauso elendig ertrunken, wie die vielen Menschen, die hätten gerettet werden können, wenn er dem Reeder die Erlaubnis gegeben hätte, die Besatzungen seiner Handelsschiffe mit ihren stählernen Rettungsbooten loszuschicken.

So blieben die sturmerprobten Seeleute auf ihren Schiffen im Hafen und viele unschuldige Menschen starben, weil ein Verantwortlicher im Krisenstab Dünkel gegen

Seeleute hatte und die Hilfe unerfahrener Soldaten aus dem Binnenland beim Kampf gegen eine Sturmflut vorzog.

Auch den Reeder trifft eine Mitschuld, denn er hätte sich der Anordnung widersetzen sollen, was er für den Rest seines Lebens bereut hat. Doch er hat bereits zu Lebzeiten dafür büßen müssen, wurde für den Rest seines Lebens von Albträumen geplagt, in denen die Ertrinkenden ihm erschienen und ihn riefen. Außerdem hat Otto ihn mit einem Auto überfahren, beging Unfallflucht und wurde dafür nie zur Rechenschaft gezogen. Gezeichnet Mechthild."

Im Briefumschlag befand sich tatsächlich noch die Kopie eines Schreibens des Reeders, in dem er beschrieb, wie er Otto Unterstützung durch seine Schiffsbesatzungen angetragen hatte und abgewiesen wurde. Außerdem konnte er in dem Schreiben auch den Unfallhergang schildern, die Erinnerung an dieses Ereignis war zu ihm im hohen Alter zurückgekehrt.

Diverse Zeitungsredaktionen in Hamburg, 16. Februar 2013

Die Redakteure fast aller Hamburger Zeitungen staunten, als sie die Post sahen, die ihnen offensichtlich von einem Pfarrer zugespielt worden war. Der Brief hatte fast denselben Inhalt wie derjenige, welcher bei der Polizei in Stade eingegangen war.

Abweichend erhielt der Brief an die Redaktionen noch die Aufforderung: „verfolgen Sie die Spuren und klären Sie die Menschen darüber auf, was an den schlimmen Tagen im Februar 1962 wirklich geschehen ist. Ich werde Sie aus dem Jenseits dabei beobachten."

Die Autorin

Birgit Pauls wurde in Husum geboren, ist in Tönning und Kotzenbüll aufgewachsen. Nach der Schule lebte sie an vielen verschieden Orten Deutschlands. Seit fast zehn Jahren wohnt sie wieder in Tönning.

Seit 2009 schreibt sie Krimis, die meist in Nordfriesland spielen. Im Büro sitzt sie dabei nicht gern. Wenn das Wetter mitspielt und es nicht regnet, ist sie mit ihren Schreibutensilien meist am Hafen oder am Eiderdeich zu finden.

Die E-Mail Adresse der de Autorin ist

info@birgitpauls.de.